내가

나를

기억하면 되잖아

내가 나를

기억하면 되잖아

온 세상 사람들이 당신을 잊어도

내가 당신을 기억하면 되잖아

온 세상 사람들이 나를 잊어도

내가 나를 기억하면 되잖아

차례

차례

낮달

낮에도 달은 뜬다
푸르른 도화지에 옅은 점처럼
보일락 말락 아른거릴 뿐이다

땅거미가 지고 어스름해져서야
비로소 샛노란 광채로 변해
암막한 세상의 등대가 되어준다

당신은 나에게
낮달 같은 사람이다

미혹

괜찮다고 느끼면 괜찮은 것이고
아프다고 느끼면 아픈 것이다

사랑한다고 느끼면 사랑하는 것이고
미워한다고 느끼면 미워하는 것이다

행복하다고 느끼면 행복한 것이고
불행하다고 느끼면 불행한 것이다

알았다고 느끼면 아는 것이고
모른다고 느끼면 모르는 것이다

그래서 나는

괜찮으면서 아프고

사랑하면서 밉고

행복하면서 불행하고

알면서도 모르겠다

시간은 거꾸로 가지 않소

시곗바늘을 왼쪽으로 돌릴 수 있다면
언제로 돌아가고 싶소?

맑은 눈망울을 가졌던
어린 시절이 좋겠소?
다시 가면 잘할 수 있을 것 같은
학창 시절이 좋겠소?
두근두근 설렘으로 잠 못 이루던
연애 시절이 좋겠소?
충만한 의욕으로 처음 그 일을
시작할 때가 좋겠소?
후회가 많이 남아있는
어느 날이 좋겠소?
아니면 지금보다 좋았을 때면
언제든 좋겠소?

허나 이제는 알잖소

상상의 나래를 펼쳐본들
시곗바늘은 멈추지도
왼쪽으로 돌아가지도
않는다는 것을 말이오

째깍째깍 오른쪽으로만
움직인다는 것을 말이오

허나 이것만은 알아두소

이렇게 생각하는 동안도
시곗바늘이 오른쪽으로
움직인다는 것을 말이오

지금 흘러가는 이 순간이
언젠가는 되돌리고 싶을지도
모른다는 것을 말이오

꽃밭

행여 내 마음속 꽃밭에

꽃잎 하나 남았다면

당신에게 줄게

강하다는 착각

이 정도 아픔쯤이야
경미한 통증이라 여겼더니
뼛속까지 아려오더라

차디찬 겨울비를
온몸으로 맞서 이기려 하니
매서운 삭풍까지 불어오더라

야속한 세상을 향해
힘껏 고함을 지르면서 덤볐더니
더 모진 풍파를 주더라

지칠 대로 지쳐

메마른 눈으로 하늘을 바라보자

그제야 산들바람이 불어와

귓전을 스치면서 나지막이 속삭이더라

무작정 부정하고

싸우려 하기보다는

겸허하게 받아들이는 법을 배우길

길냥이

잔잔하게 일렁이는 파도
포근하게 불어오는 바람
따스하게 내리쬐는 햇빛
삼합이 딱 들어맞는 날

바다 조망 테라스에 앉아
맨눈으로는 눈부신 하늘을
선글라스를 쓰고서 바라봤다

무채색으로 보이는 세상은
내가 사는 현실과 달랐다

삶에 사람에 치여
하릴없이 흐르는 시간이
마치 멈춘 것만 같았다

한참 동안 우두커니 있었다
길냥이가 살금살금 다가왔다

처음에는 경계했지만
아무런 미동도 하지 않자
애잔하게 나를 쳐다봤다

눈빛만 봐도 짐작했다
그릇에 먹을거리를 담아주니
기다렸다는 듯 허겁지겁 먹었다

쩝쩝 짭짭 쩝쩝
쉼 없이 들려오는 소리가
괜스레 애처롭게 느껴졌다

배가 두둑해진 길냥이는
그제야 햇살의 포근함에 취해
편안하게 나를 쳐다봤다

의미 모를 그윽한 눈빛으로
의미 모를 위로를 주고서는
나그네처럼 유유히 사라졌다

해님

밤새도록 잠자리를 뒤적이다
가까스로 꽃잠에 빠졌건만
블라인드 틈새로 스며든 빛이
나를 깨우면서 말을 건넨다

더는 잘 수 없어
인제 그만 일어나야지

메마른 아침
꿈같은 현실

세상이라는 시계의
톱니바퀴를 돌리기 위해
가까스로 몸을 일으킨다

그날은 참다못해
빛에게 역정을 부렸다

나에게 태양을
움직일 힘이 있었으면 좋겠어
그러면 당신을
보고 싶을 때만 볼 수 있잖아

순행과 역행

순풍을 타면
나룻배가 쉽게 가지만

역풍에 맞서면
힘껏 노를 저어야 한다

삶을 항해할 때도 마찬가지다
추세나 흐름을 거스르면
그만큼 힘들뿐더러
대성할 확률이 희박하다

한데 아이러니하게도
훗날 오랫동안 회자되는 사람은
시대를 역행한 이들이다

금돌

자신을 보호하기 위해
저마다 담을 만든다

푸석돌로 만든 것은
쉬이 부서져 버린다

바윗돌로 만든 것도
쉬이 무너져 내린다

수없이 쌓고
나서야 알았다

무엇보다 견고하게
담을 만들 수 있는 돌은
침묵이라는 금돌임을

우리별

당신과 함께라면
다 좋았다

그곳이 어디든
주변의 모든 것들이
우릴 축복해주는 것처럼 보였다

그 어떤 어둠도
청아한 우리에게는
배어들지 못할 것만 같았다

드넓은 은하수 무수한 뭇별 가운데
우리별이 가장 눈부시게 빛났다

그 순간만큼은 그랬다

사랑

꽃은 멀찍이 바라볼 때
가장 예쁘다

장미를 꺾으려 들면
가시에 찔려 피가 나고

백합을 모으려 하면
향기에 질식하게 되고

진달래로 오인한 철쭉을
꽃차로 우려내면
독성에 온몸이 마비된다

사랑도 마찬가지다
때에 따라서는 사람을
미치고 병들게 할 정도로
치명적일 수도 있다

이를 알면서도
다가갈 수 있는 것이
사랑이다

몽중몽

현실보다 생생한 옛꿈을 꿨다
분명 난 그 시절에 살고 있었다

한데 꿈나라가 사라진 뒤
거울에 비친 생시의 나는
내가 아닌 다른 사람 같았다

"당신은 꿈인가요?"
"여기도 꿈인가요?"

매미와 개미

부글부글 개미 떼들이
죽은 매미를 끌고 간다

지난밤 매암매암
목청껏 울부짖던 소리가
공연스레 귓전에 맴돈다

기나긴 인고의 시간을 견뎌
허물을 벗고 성충이 되었건만
불꽃처럼 강렬히 피어오르다가
덧없이 퇴장하는 매미

애처로운 마음에
개미들로부터 매미를 구해
양지바른 곳에 묻어주었다

그리고 다시 뒤를 돌아봤을 때
우왕좌왕 흩어졌던 개미들이
정렬을 가다듬고 움직이기 시작했다

그 순간 멍했다
그 순간 멈칫했다
그 속에서 우리들을 보았다

살아내소

"힘내"라는 말에
당신이 힘낼 수 있다면
기꺼이 말하겠소

"괜찮아"라는 말에
당신이 괜찮아질 수 있다면
기꺼이 말하겠소

갈등과 혐오가 난무하는 세상
당신을 살릴 수만 있다면
기꺼이 말하겠소

파라다이스

모든 해악은 암암한 땅속에서
아물아물 투명하게 피어올라
우릴 절망케 하지

이토록 광막한 대지에
피난처조차 없다니
참으로 애처롭기 그지없어

방법은 심신을
가볍게 비우는 것뿐이야

그것들은 고도가 높을수록
농도가 점점 옅어져
대기권 밖으로는 갈 수 없거든

함께 두 손을 꽉 잡고
저 하늘 위로
두둥실 떠 오르자

우울도
슬픔도
절망도
시련도
고통도

희망도 없는
낙원으로 말이야

꽃보다 아름다워

꽃은 경험적으로
아름답다고 인식해왔다

한데 당신을 봤을 때
심박수가 빨라지면서
아름답다고 느낀 것은
그동안 경험하지 못했다

그래서 당신이 꽃보다
아름답다고 말했다

당신이라는 이유 하나만으로
그 어떤 모습이었든
꽃보다 당신이 아름다웠다

절제

쓸 수 없어서
못 쓰는 것이 아니다

말할 수 없어서
말 못하는 것이 아니다

할 수 없어서
하지 않는 것이 아니다

그릇에 담아놓은 물이
넘쳐흐르지 않기 위해서다

적기

늦었다는 생각이 들 때가
가장 빠른 때가 아니다

늦었다는 생각이 들 때가
정말로 늦을 때도 아니다

이러한 생각에 얽매일수록
진짜 늦어지는 것이다

어차피 지나고 나면
결과가 답해준다

시작 (詩作)

시를 적는 방법은
크게 네 가지가 있다

나만 아는 난해한 시
모두에게 쉽게 읽히는 시
구절구절 곱씹어야 보이는 시
전부 다 섞어서 쓴 시

삶도 그렇다

어떤 방식으로 살지는
선택하기 나름

가치도 평가도
생각하기 나름

숨

들숨은 무언가를 행함이며
날숨은 이에 따르는 아쉬움이다

후회할 것을 알면서도 숨을 쉬고
다시 살아내야 하기에 숨을 내뱉는다

숙명

한때 전부였던 사람을
그저 스쳐 가는 타인처럼
무심하게 훑어보고서 지나가니
마음이 참 불가사의했다

만나고 싶다 해서
만날 수 있는 것이 아니고

피하고 싶다 해서
피할 수 있는 것이 아닌 기분

불변

변하지 않는다고
장담할 수 있는 것은 없다

그럼에도 불구하고
영원불변하고 싶은 마음은
그럴 수 없다는 것을 알기에
더 간절하고 애틋하다

인연

모든 실은 가위로
싹둑 다 잘리지만

새빨간 붉은 실은
절대로 자를 수 없다

동화

분명 같은 세상
비슷한 시기에 태어났는데
뭐가 이리도 다른지
매번 티격태격

끝없이 반복되는 다툼 속
성격과 취향을 비롯하여
하나부터 열까지
서로에게 물들고 있었다

언제부터인가 그런 우리를
남들은 닮았다고 말했다

과거

과거를 피하면
과거는 따라온다

과거에 잡히면
과거에 갇힌다

과거도 잡힐락 말락
애간장을 녹이는
밀당이 필요하다

사이클

눈부신 햇살이
따가운 햇볕으로

휘황한 달빛이
쓸쓸한 달빛으로

셀 수 없는 웃음이
셀 수 없는 눈물로

같이 있다
나 홀로

따가운 햇볕이
눈부신 햇살로

쓸쓸한 달빛이
휘황한 달빛으로

셀 수 없는 눈물이
셀 수 없는 웃음으로

홀로 있다
같이

애증

사무칠 정도로 미워해 보면
시꺼먼 속이 후련해질까 싶어
마음속으로 최면을 걸었어

얼음만큼 냉담했던 기억을
머릿속에 억지로 그려보니
외려 그때의 감정이 되살아나
울화통만 터지더라

애써 괜찮다고 나를 다독이며
미친 척 하하 호호 웃어보니
이상하게 아무 생각도 들지 않아
기분이 좋아지기도 하더라

그런데 느닷없이 불쑥 튀어나온
따뜻했던 기억 한 조각이
날카로운 칼날이 되어
여태 걸어놓았던 최면을
잔인하게 산산조각 부숴버렸어

미워할수록 몰려드는
애증 같은 그리움이란
그런 거였어

숨바꼭질

뭐가 이리 많은지
산더미처럼 소복이 쌓여
어지러이 널브러진 추억들

슬그머니 보기만 해도
가슴이 미어터질 것만 같아

다 잊어보려
치우고 또 치우고
갈기갈기 찢었어

아린 마음도
조각조각 뜯겨 나갔지

그런데도 어디선가

불쑥 튀어나오는

기억의 조각들

꼭꼭 숨어라

꼭꼭 숨어라

더는 보고 싶지 않아

오랜 세월 술래가 되어

이 이상한 숨바꼭질을 계속했어

해가 뜨고 지고

봄이 오고 가고

꽃이 피고 지고

꿈을 꾸고 깨고

이제는 아득한 꿈만 같아

찾고 싶어도 찾을 수 없는

기억의 조각들

교감

당신이 느끼는 감정이
교감 신경계처럼
나에게도 이어져있다고 믿었어

당신이 조금이라도
미소를 머금으면 기뻤고

당신이 조금이라도
눈물을 머금으면 슬펐지

그러던 어느 날 무표정한 얼굴로
아무런 말도 하지 않으니
신경이 마비된 것만 같았어

고작 할 수 있는 건
공감할 수 없는 감정을
덩달아 아는 척했던 것뿐

제아무리 한올진 사이라도
상대의 심정까지는
알 수 없던 거야

물론 그래도 상관없었어
온전히 내 의지였으니까

미몽

휘황한 불빛 아래 테라스에서
레드 와인으로 목을 축여

잔잔히 흔들리는 나뭇가지 사이
보일락 말락 아슴푸레한 달빛
감미로운 재즈풍의 음악까지 더해져
참으로 낭만적이야

우린 진지한 이야기는 접어두고
습관처럼 시시콜콜한 농을 주고받아

이따금 공연스레 이 상황이

멋쩍게 느껴지기도 해

어울리지 않는 풍경 속에

억지로 그려 넣은 것만 같아서

고장 난 마음

엉엉 울고 싶은데
배시시 웃음이 새어 나와

하하 웃고 싶은데
또르르 눈물이 새어 나와

당장 미워 죽겠는데
나중에는 사무치게 보고 싶어

살아보니 내 마음을
나도 모르는 날이 많더라

절실함

"잘 될 거야"라는 말보다
"잘 돼야만 한다"라는 말이
간절함이 더 강하다

절실함의 마지막 단계에는
그 이유가 뭐가 됐든
개의치 않으며
사력을 다하게 된다

이유 없는 기다림

기다리면 올 줄 알았다
기다리면 나아질 줄 알았다

간절했던 마음을 달랠 길이 없어서
마냥 기다렸던 건 아니었을까

콜록콜록한 그리움

당신을 보낸 뒤로
반년을 독감에 시달렸다

이삼월 봄빛으로 물들어가는 날에도
어두운 골방에 틀어박혀
연신 슬픔을 토해댔다

오뉴월 뙤약볕이 내리쬐는 날에도
이불을 뒤집어쓴 채로
오슬오슬 온몸을 떨었다

구시월 날이 쌀쌀해지자
거짓말처럼 증세가 호전되었지만
기침은 쉽게 떨어지지 않았다

오랜 세월이 흘렀다
분명 감기는 나았다

한데 아직도 가끔
마른기침이 새어 나온다

기억 한 줌

연필심으로 꾹꾹 눌러쓴 기억
암만 지우개로 벅벅 문대도
지워지지 않고 남아있는 흑연 자국
꼬깃꼬깃 접어 휴지통으로 던졌다

괜한 아쉬움에 다시 꺼낸 기억
희미한 흔적 속 지난날을 더듬다
파도처럼 밀려오는 오만 가지 감정을
억누를 수 없어 갈기갈기 찢어버렸다

무언가에 홀린 듯 엄습해온 기억
찢어진 조각으로 퍼즐을 맞췄건만
연기처럼 피어오르는 쓰라림에
속절없는 짓임을 깨달았다

지워도 버려도 안 된다면
이제는 태워야지

젖은 성냥개비에 불을 붙여
조심스레 던졌다

수많은 기억이 활활 타오르더니
재가 되어 흩날렸다

불현듯 알 수 없는
그리움이 몰려온다

아무리 찾아도
찾을 수 없는
묘연한 기억

나는 누구인가?

당신은 누구인가?

우리는 누구인가?

건조주의보

메마른 마음이라
뜨거워지지 않는 것이 아니다

살짝만 불을 붙여준다면
언제든 훨훨 타오를 수 있지만
문제는 불씨가 없다

무보증 대출

마음의 빚은 이자 한도가 없으니
눈덩이처럼 불어나기 전에
상환하기 위해 최대한 노력해야 한다

행여나 채권자가 세상에서 사라지면
갚을 길이 없을뿐더러
빌린 만큼 마음이 찢어진다

에고

그 어떤 순간에도

나라는 존재를 망각해선 안 돼

행복

두 친구에게 물었다
지금 행복하냐고

한 친구는 말했다
배냇불행과 운명에 갇혀
죽지 못해 산다고

한 친구는 말했다
하루하루 모든 것들에
감사하며 산다고

나는 생각했다
괜한 걸 물어봤다고

행복에 무뎌져야

행복해질 수 있으며

행복에서 벗어날 수 있다

고즈넉한 어둠

저녁놀이 피어오르는
스산한 겨울 풍경을 바라보았다

뼈만 앙상한 나무
검불그스름하게 물든 구름
전깃줄에 앉은 까마귀 떼들
냉랭한 밤공기에 얼어버린 심신
참으로 을씨년스러운 광경이었다

그래도 걱정 마
어둠이 밀려오면
잘 보이지 않을 거야

그리고 하늘을 봐
언제나처럼 달과 별이
찬연히 빛나고 있을 거야

밤비

뚝뚝 창을 강타하는 빗소리에
선잠에서 깼다

창가에 흐르는 물방울 사이로
아련하게 반짝이는 불빛

형용할 수 없는 그리움이
가슴에 이슬처럼 맺힌다

명치에 통증이 밀려와
손을 얹고 다시 잠을 청했다

이튿날 아침 비가 갠 뒤
간밤의 일은 말끔히 사라져
이상하리만큼 기분이 상쾌했다

고차원

세상을 이해하기에 앞서
사람을 이해해 봐야 한다

한데 제아무리 노력해 봐도
사람 마음을 이해할 수 없는데
어찌 세상을 이해할 수 있을까

눈에 보이는 것과
알고 있는 것들이
어쩌면 진짜가 아닐지도

감금된 기억

가슴 깊숙한 곳에 철저히 가둔다
행여 꿈이라도 꾸면 더 깊은 곳으로 가둔다
불현듯 떠오르기라도 하면 더 깊은 곳으로 가둔다
시간이 흐를수록 더 깊은 곳으로 가둔다

열쇠가 없는 자물쇠로 철문을 굳게 걸어 잠근다
깊은 심연의 그곳에서 영원히 나올 수 없다

문어

살아남기 위해서는
날 때부터 홀로서야 하는
문어가 되어야 한다

강한 천적을 만나
상처투성이가 되어도
회복할 수 있는 재생력

환경과 상황에 따라
색을 바꿀 수 있는
은신과 변신의 귀재

타인의 위험으로부터
자신을 지키기 위해
내뿜는 시커먼 먹물

안일함에 취하기보다는
벌어진 일을 받아들이고
신속히 대응해야 한다

이 지구상의 생명체는
다 그렇게 살아남았다

술래잡기

인생은 시간이라는 술래가
나를 끝없이 쫓아오는 것

결국 내가 잡혀야
끝나는 놀이

본질

라만차의 돈키호테는
발길이 닿는 대로 나아가지

미치광이에 불과하다고
주변 사람들이 비아냥거리지만
그는 아랑곳하지 않아

비록 이룰 수 없더라도
자신만의 꿈을 향한 열의는
배우고 싶어질 정도로 멋들어지지

뭐가 진짜인지 가짜인지
구별도 안 되는 세상에서
그의 신념만큼은 진짜 같은걸

우리는 참 모순덩어리
진짜가 가짜인 척
가짜가 진짜인 척

그래서 헷갈려
내가 진짜인지 가짜인지
네가 진짜인지 가짜인지

공허의 집

많은 것을 이뤄도
많은 것을 잃어도
공허하기는 매한가지다

삶이란 메울 수 없는 공허함을
각자의 방식대로
채우는 여정일지도 모른다

따뜻한 냉수

한기로 가득했던 하루
결빙점까지 떨어진 마음의 온도
차디찬 감정에 살얼음이 얼었다

욕조에 뜨거운 물을 채워
무겁고 느른한 육신을 담갔다

살짝 뜨끔했지만
이내 따뜻해졌다

일정한 간격으로 떨어지는 물방울과
시나브로 크게 들려오는 환풍기 소리에
모든 감각을 맡긴 채로 무아경에 이르렀다

살짝 얼었던 감정이
차차 식기 시작했다

아늑함에 취해 몽롱해졌다
아니나 다를까 갈증이 나서
벌컥벌컥 냉수를 들이마셨다

차갑게 느껴지지 않았다
시원하면서 따뜻했다
남아있던 얼음 알갱이가
감쪽같이 사르르 녹아내렸다

금란지교

우리의 관계가 하나의 대지라면

갈등은 필연적으로 거쳐야 하는 풍우와 같다

수없이 다투고 화해하길 반복해야 단단해진다

도깨비방망이

사고 싶은 것은 천지
한도 끝도 없는 욕심

원하는 걸 외치면서
마구 휘두를 수 있는
도깨비방망이가 있으면 좋겠어

개암 한 알을 들고서
도깨비나 찾아가 볼까

금 나와라 뚝딱
은 나와라 뚝딱
돈 나와라 뚝딱
차 나와라 뚝딱
집 나와라 뚝딱

가만 그러면 인생이

너무 재미없으려나

탐욕의 바다에 풍덩 빠져

헤어 나오지 못할 수도 있을 테니

아무래도 다시 생각해보니

도깨비방망이는 없어도 될 것 같아

그건 사람이 사용할 수 있는

물건이 아니잖아

도깨비 전용이니

도깨비방망이인 거야

갈증

목이 말라
목이 말라

무얼 마셔도
어느새 또 갈증이 나

무얼 이뤄도
어느새 또 갈증이 나

무얼 가져도
어느새 또 갈증이 나

모든 생명체는
목이 말라
목이 말라

0

음수도 아닌
양수도 아닌 0

수많은 양수를 가져도
결국 우리는 0

수많은 음수를 가져도
결국 우리는 0

0으로 시작해
0으로 끝나는 삶

그러니 숫자에 얽매본들

결국 의미 없는 삶

0의 가치를 아는 자만이

마음이 편해질 수 있다

극한

아직도 생생히 기억한다
내 세상이 무너지려 한 날
모든 것이 부질없었음을

안분지족

사랑을 너무 좇아가면
이별을 준다더라

행복을 너무 좇아가면
불행을 준다더라

성공을 너무 좇아가면
실패를 준다더라

돈을 너무 좇아가면
빚을 준다더라

그저 그렇게 살면

별일 없다더라

그래서 우린

그저 그렇게 사는가 보다

나도 모르는 나

나를 잘 안다고 말하는 이는
정작 잘 알지 못했고

나를 잘 모르겠다고 하는 이가
도리어 더 잘 알고 있었다

알면 알수록 어려운
나도 모르는 나를
어떻게 잘 알 수가 있을까?

13번째 자리

그것이 독이 든 성배라면

무게를 짊어질 수 있을 때 들어야 한다

둥지

동장군이 기승인 한겨울에도
까치는 짧은 부리로
수천 번 잔가지를 옮긴다

처음엔 형태가 보이지 않지만
꽃 피는 봄이 오면
보금자리인 둥지가 완성된다

고난이 이어지는 나날에도
우리는 까치가 되어
수천 번 잔가지를 옮긴다

도무지 형태가 보이지 않지만
언젠가 그날이 오면
둥지가 완성되길 소망한다

발걸음

물길 따라 바람 따라
오늘도 걷는다

나와 당신을 위해
오늘도 걷는다

간절한 염원 담아
오늘도 걷는다

내일을 살기 위해
오늘도 걷는다

고독을 벗 삼아 외로이
오늘도 걷는다

이젠 멈출 수 없어서
오늘도 걷는다

돌아갈 곳이 없기에
오늘도 걷는다

힘이 다할 때까지
오늘도 걷는다

진리를 찾기 위해
오늘도 걷는다

자연에 동화되기 위해
내일은 걷는다

탈피

멈춰야 하는데 멈추지 못하고
쉬어야 하는데 쉬지 못하면
한계에 다다라 답보 상태가 된다

텅 빈 자신을 다시 채우고
더 높이 도약하기 위해서는
번데기가 허물을 벗고 나비가 되듯
누구도 상상할 수 없을 만큼 변해야 한다

어리지 않은 왕자

어린 왕자가 어리지 않다는 것을 깨달을 무렵
자신도 이제 어리지 않다는 것을 깨닫게 된다

지지 않은 인생

도통 끝이 보이지 않아도
기회가 있을 때는
무조건 달려보는 거야

뉘엿뉘엿 넘어가는 석양이
아직 지지는 않았잖아

재잘재잘

꾹꾹 담아두었던 말이 많은지
풀벌레들이 밤새도록 운다

구슬픈 마음 사방에서 전해져오니
참으로 가슴 아프도다

쉼 없이 재잘거리는 이는 많은데
가만히 들어주는 이는 없네

그림자 아바타

비몽사몽 어둑새벽
가로등 불빛 사이 비치는
내 그림자 세 개

하나는 나만 아는 나
하나는 타인이 보는 나
하나는 나도 모르는 나

다양한 색을 가진 본체는
그럴싸하게 꾸며놓은 아바타

삶이라는 무대에서
어떤 나로 살아갈지는
결국 자신의 몫

선택 장애

천사는 계속 가라는데
악마는 다시 돌아가래

밤안개로 가득한 그 자리를
나는 링반데룽 맴돌고 있어

과연 누가 옳은 걸까?

가만히 귀를 기울여보면
둘 다 틀린 말은 아닌 것 같아

그런데 더 헷갈리는 건

겉모습에 속으면

안 된다는 거야

모든 선택이 그랬듯

목전에 보였던 것과

딴판인 경우가 많았으니

민들레 홀씨

푸릇푸릇 우리의 지난봄이
시들시들 말라버렸다 해서
아직 끝난 것은 아니다

샛노랗게 폈던 민들레는
하염없이 지는 꽃잎에
결코 슬퍼하지 않는다

포편이 기지개를 켜며
솜털 같은 홀씨 꽃을
다시 피운다는 것을 알기에

비록 지금의 삶이

지난날과 대비되어 힘들지라도

너무 슬퍼하지는 말라

다시금 홀씨를 피울 수 있는

기회는 누구에게나 있다

고요한 미련

만일 내일 지구가 멸망하더라도
언제나처럼 고요히 앉아
책을 읽고 글을 쓰고 싶다

사과나무를 심으면
왠지 모르게
짙은 미련이 남을 것 같아서

긴긴밤

삶을 끝내려
숨이 멎을 때까지 달렸다

헐떡헐떡 터질 것만 같은 심장
흐물흐물 무너져 탈진해버린 몸
그대로 운동장에 드러눕자
밤하늘의 별이 유난히도 반짝였다

삶을 끝내려
높은 곳으로 올라갔다

두근두근 떨림과 엄습하는 공포
쉽게 떨어지지 않는 발걸음
망연히 아래를 내려다보자
도시의 야경이 너무도 황홀했다

아름다움이 가득한 광경을
차마 마주할 수 없는
나에게 화가 났다

그래서 마음속으로
열두 번도 더 나를 죽였다

죽으려 했지만
나를 살게 했던
그 긴긴밤을 잊을 수 없다

평생지기

세상에서 진심으로 응원해 줄 수 있는 사람
세상에서 진심으로 위로해 줄 수 있는 사람
세상에서 진심으로 일으켜 줄 수 있는 사람
세상에서 진심으로 기뻐해 줄 수 있는 사람

한평생을 놓고 봤을 때
나밖에 없더라

순응

잃은 것을 되찾으려 하다가는
더 많이 잃게 될 확률이 높다

가슴 아파도
상황을 받아들이는 편이
나를 더 지킬 수 있다

디스토피아

우리는 안다
유토피아를 꿈꾸고 갈망하지만
현생에서는 불가능하다는 것을

우리는 안다
해가 저물어가는 시간대에
애면글면 살고 있다는 것을

해야 지지 마라
해야 지지 마라

어둠으로 뒤덮인 밤은
암담한 디스토피아

그곳에 사는 미래인이여
기억해주길 바란다

우리는 수없이 투쟁하고
고군분투해왔다는 것을

그러니 부디
포기하지 않기를

심오한 그림

순백의 마음을 가진 채로
새하얗게 태어나는 우리는
제각기 밑그림을 그린 뒤
길고 긴 채색작업을 반복한다

이러한 일련의 과정이
결코 순조롭지만은 않다

실수한 부분을 감추기 위해
겹겹이 덧칠하다
엉망이 되기도 하니

다시 고쳐 보려 애써도
채도와 명도만 높아질 뿐
백지상태로 돌아갈 수는 없다

그래서인지 마음의 그림은
세월이 흐를수록 심오해져
깊디깊은 의미가 있다

결연한 나무

세찬 태풍이 지나
쑥대밭이 되어 버린 거리
뿌리가 훤히 드러날 만큼
고부라져 쓰러진 고목이 보였다

따사로운 햇살과 함께
다시금 대지는 재생했지만
생기를 잃은 채 말라가는 나무는
마지막을 앞두고 있었다

나는 물었다
버티고 버티고 또 버텨서
끝내 이렇게 되니
후회는 없냐고

나무는 말했다

나를 위해서 버틴 것이라

결과는 이러해도

더는 미련이 없다고

존재의 무게

아무런 생각이 없었다
아무런 감정이 없었다
아무런 감각이 없었다

그 순간 가벼워진 육신은
무색무취의 공기에 불과했다

그리하여 사려하는 일을
멈추지 않기로 했다

내가 나를 기억하면 되잖아

제 1판 1쇄 인쇄 : 2022년 8월 17일
제 1판 2쇄 발행 : 2024년 3월 7일

저 자 : 투에고
편 집 : 정남주
사 진 : 연훈
펴낸곳 : 로즈북스
출판사등록 : 2022년 7월 14일 제2022-000022호
주 소 : 부산광역시 해운대구 해운대해변로357번길 5-1 상가동 205호
팩 스 : 070-7966-0793
전 화 : 070-8095-1135
이메일 : rosebooks7@nate.com

ISBN : 979-11-979663-7-8